歓待

川野里子歌集

砂子屋書房

*目次

I

II

Ⅲ

Ⅳ

装本・倉本　修

歌集 歓待

フィルムを巻き戻すように時間を溯り、ひとつの、命に出会いたいのだ。

I

Place to be

いづこから雲の白鯨あらはれて微笑みてをり目から崩るる

昼月はだれが乗ること諦めし救命ボートであるかただよふ

シート倒ししばらくを寝て逢ひにゆく溺るるごとき母のまなざし

駐車場にすべての車は停まりゐるしか津波来るまでしづかな町に

ひと匙を食べて目瞑りふた匙を呑みて苦しむ命見てをり

「うれしいなあ」

椅子、枕、匙もほんのり窪みをりこんな形かいのちといふは

生きるべきいのちと死なすべきいのち薄紙の陽は選り分けてをり

海苔弁の海苔を剝がせば白飯の汚れてゐたりそこから食べる

延命処置断るはうへゆれながら傾く天秤　疲労のゆゑに

レントゲン当てられしばし息とめてゐるなり明日死ぬ母が

「こんどどこにいくの？」

転院し転院し隙間見つけゆくスプーンと赤いマグカップ持つて

母死なすことを決めたるわがあたま気づけば母が撫でてゐるなり

「しょうがねえな」

散弾銃あびながら銀杏散りゆけり散っても散っても銀杏は尽きず

「しょうがねえな」

チューブ一本抜きて一年もう一本抜きてひと月いのち剝ぎゆく

袖口の汚れしコート着てをればその袖口を哀しめり母

「あしたどこいくの?」「ひとり?」

赤児抱き眼鋭く川渡る民ありて渡るあとからあとから

わが場所はあのひとの居場所奪ひたり泥より吾を凝視する女《ひと》

だれもだれもだれも救命ボートに伸ばす手が群がり白し桜花のやうに

かーん。かーん。水滴落つる音はしぬ致命的なる鋳あるこの世

「もう　帰ろう」
宇宙から見れば今死ぬ吾の手が今死ぬ母の手を握りをり

「いっしょに寝ようや」

惑星イトカワ今夜宇宙に独りなり枕のやうな窪みを湛へ

プラスチック・スプーンうつくしきかたちしてをりぬ終《つひ》なる母の持ちものひとつ

倶会一処《くゑいっしょ》　死ねば居場所のある母か赤い椿がつくづくと見る

「また　会おうな」

母の母その母の母の母あつまりてさやさやと愛づ老衰の母

母死なせ生きのびしわれ死にしわれ寄り添ひて立つ自販機の前

「ひとり？」

ホワイトアウトせし病廊を亡骸の母とゆくなりここも去るべし

われや老い死ぬべき者なり見あぐれば十七歳の満月微笑む

「よかった」　「何が？」　「ぜんぶ」

蒼穹は燕飛ばしてあそびをり一羽わが身を貫通したり

呼び鈴

年を越す　いつか越せない年が来るそのしづけさに屠蘇含みたり

雪降つたね餅を搗いたね笑つたね遠いところへ行つてしまふね

世界のどこかで押された呼び鈴うつとりと昏睡の母は眼をひらく

髪が、乱れてないかと母が問ふ混濁の沼ゆあるとき覚めて

もう何もいらない母に新年が近づいてくる耳を澄ませば

あまたなる蟬死にゆけどひとつとて惜しまるるなし蟬は尊し

点　呼

点呼するごとき青空なにひとつ欠けてはならず　水仙が咲く

誰もゐぬシーソーが載せてゐる冬陽重たい側にも軽い側にも

お砂場の「お」の体温は残りをり陽当たりのよき冬の砂場に

冬の陽は寝間着の重さ手のひらに亡き人の背《せな》の温もり残る

亡き母も亡き友も呼ばれざる点呼終はつてしまつて冬の快晴

回れ右。もう一度回れ右。寂しかつたと泣く老母《はは》をらず

すべり台、ブランコ、砂場あそぼうよ、ねえあそぼうよ命がけにて

すずめ二羽日陰に入り消えたりき一羽出できて一羽出で来ず

降《う》り《り》井《がー》*

*宮古島の地下深くにある井戸。

八重山諸島八重のあはひを舟走り心なきまで海は澄みたり

ハイビスカス、ブーゲンビリア、プルメリア羽根すり切るるまで蝶は飛ぶ飛ぶ

島から島へ白糸のごとき橋かかるあの島は亡母《はは》かの島は亡父《ちち》

走りゐし蟹静止せりわが影の重さゆつくり歩み去るまで

白砂を踏めば軋めり大和人《やまとんちゅ》われの素足に砂は苦しむ

青葉陰　胸の高さにすり寄りし人頭石は捨てたる吾が子

あとすこし力があればあとすこし心あればと人は逝くべし

人も、記憶も、焼かれし南島。ここにふと深井はありぬ真水をたたへ

太陽の隠し子として地下深く降り井《うりがー》ありぬ黒く水澄む

石灰岩の白き階段螺旋巻き井戸へゆくなり海より深く

水は身体　をんなのからだは朝あさの水運びつつ命哀しむ

水汲みの女ら見ることなく生ききいま飛行機が高くゆく空

「あの浪が白糸ならばこの砂が粟なら」くるしむ南島歌ふ

祖国から突きつけられてゐる槍の光ることあり南島の海

地下深く闇を走りて湧く水に生き延びし島　水こそ祖国

いらよーへい、いらよーほい、と歌ふ島終はりなき布愛しみて織る

とろり

われ一人のゆふべに鮟鱇買ひて来ぬその肝、軟骨、しどけなき皮

水圧にとろりと潰れ生きてきし日本人のやう黒い鮟鱇

ぬばたまの闇にひしめき鮟鱇の生き延びてきぬ戦中戦後

母死にて友死にてわれは生き残り旨味増したる肝和へつくる

生き残る姑《はは》のいのちはやはらかく鮟鱇好むを隠してをりぬ

酒少々、みりん少々、わがために墓穴のやうなどぶ汁つくる

ごくまれに海鳥を襲ひ呑むといふ鮟鱇といふ阿鼻叫喚が

わたつみよはらわたといふ海かかへわれは鮟鱇呑み込むいのち

II

海と熊楠

不可思議の南紀白浜われを立たせ全ての砂粒かがやくところ

なんにもないところですよと言ふ人と青銅のやうな太平洋見る

紀伊国屋のあげたる白帆ぶんぶんと風蹴りながら海原をゆく

あざやかな鯨舟《くぢらぶね》いくつ隠すらむ照葉樹林にふくらむ岬

なんにもないところとなりし砂浜に門柱二本残りゐしこと

閑上二首

玄関でありしかタイル張り残る砂浜ありき津波のあとに

往生とはなべてを手放し迎ふる死　横死とはなべて捥がれゆく死か

円月島に大穴ひとつ　いちどだけ死ぬわたくしのために明るむ

くる波を跳び越え跳び越えよろこべど小さくなれず千鳥のやうに

スマホには位置情報の星ひとつ海岸線から零れつつゆく

わたつみのいろこのみやのゆふまぐれ鉄筋コンクリートの寺あらはるる

補陀落寺いくたびも海に攫はれて消えし寺なりいくたびも生ゆ

補陀落へゆく舟赤く重たくてこの世の砂を隈々に溜む

西方浄土にたどりつきたる舟あるかどこにも着かず難民の舟

ゴムボートにぎつしりと乗る瞳からみつめられをり海に向くとき

海に触れ空に触れそしてわが投げし一片のパンにぶつかるカモメよ

国といふいのちをえらぶ船うかび　溺るる掌《て》のごと波暮れ残る

補陀落へゆく舟ひとつここに置き海陸《うみくが》あらぬ暗闇は来る

方舟はなべてたづさへ補陀落舟なにひとつもたずただよへる海

なにもかも手放しながら生きる母けふは入れ歯を失ひしとふ

老人ホーム二首

はるかなる西方浄土はとほけれど母を乗せゐるピンクの御丸

寄せきたる波あたたかし黒潮はわれと異なる体温をもつ

「とれとれ市場」にどてらい魚生きてをり深井のやうにクエはあぎとふ

いつしんに一人を待てる犬の瞳《め》のやうに静もる水平線よ

色褪せて砂浜にひとつ漂着す海を歩いてきたゴム草履

＊

怒りに怒り熊楠のしのし歩きたる紀の国どこにも楠の木茂る

酒豪熊楠なにもかもからはみ出せり単式顕微鏡のぞきながらに

ひそやかに生き延びきたりし粘菌の出くはしたりし巨人熊楠

熊楠酒店シャッター街にひらきをり夜ごと訪ひくる大蛇《うはばみ》のため

みつけゆく喜びぎらぎら光らせて熊楠ゆけり熊楠はひとり

熊楠逝き日本人から消えゆきしまなこに閃くけものの光

＊

おほいなる尿《ゆまり》のやうに滝は落ちつつみかくさず那智の滝ある

那智の滝シャッターに捉ふそののちを少しゆらぎて滝立ち直る

金網越しの那智の滝とほくけぶりつつ触れがたきかも神のまどろみ

とろとろの葛湯を飲みぬゆつくりと落下してゆく滝と化《な》りつつ

救ひくるる神ひとつとてなき熊野しらじらとして滝は落下す

イスラムの人は笑はず中国の人よくしやべり青岸渡寺満つ

青岸渡寺かはるがはるにスズメ来て不老長寿の水すこし飲む

那智の滝とほく海より見てをれば一度光れり蜘蛛の糸ほど

蜃気楼の船

東京湾に蜃気楼出づまぼろしの誰《たれ》が乗る船誰《た》が降りる船
水平線に蜃気楼の船浮きてをりつくづくと日本を見てをれど消ゆ

いづこかへ急ぐ国とし先進国日本走れどどこにも着かず

近づかず遠ざかるなくしばらくを蜃気楼の船うつつを揺らす

消えてしまひし家族のやうにみづからを見せに来たりぬ蜃気楼の船

金色《きんいろ》の遊覧船

あしかびのひかひか萌ゆるビル群のあはひとろりと河うねりをり

生き延びるための静けさ蟬鳴かず蚊の飛ばぬ夏大阪城ある

いくたびもほろびたりけり大阪城まぼろし群がり天守閣成す

ビル群の壁面にあまた陽は燃えて淀殿つよくこひねがひたり

何を。何ゆゑ。誰のため。なべて消ゆれど夏の陽残る

アレッポ奪還　そこに一脚のソファありてこれを取り戻したり

有刺鉄線のむかふに鋭き眼は並び見つめくるなりわが棲む世界

外堀を埋められ聳ゆる天守閣ひとりひとりが炎上しをり

焼き殺さねば済まぬ信長、干し殺さねば済まぬ秀吉　炎天

大坂夏の陣図屏風右隻隅ふくみ笑ひに逃げゆく女男《めを》あり

右に左に戦車ゆつくり動く街にんげんをらぬ街は映りぬ

つきつめて思へば秀吉ひとりのみ生き延び油《ゆ》のごとき老耄を得し

落城の大阪城を空爆の都市を鼠のわが祖逃げたり

ほんまやでといふ声入り来るエレベーター関西人《びと》は肩やはらかく

粉もんをはふはふ食べるビルとビル過去と未来のあはひに熱く

露と落ち露と消えたる*なにものもあらざり蟻さへ骸曳きつつ

＊秀吉の辞世「露と落ち露と消えにし我が身かな浪速のことは夢のまた夢」

金色の遊覧船はちかづき来ゆめのまたゆめ*こんなに軽《かろ》き

病葉ひとつお堀の水に浮かびたりこんな舟さへ亡母《はは》の乗物

ほろびたる大阪城とうつつなる大阪城はぎしぎし闘ふ

金の燕、銀の燕も暑気のなか命するどく葉陰にありぬ

桜たまご

花明かり現《うつつ》の腕にまさぐれば桜たまごは色づきて出づ

桜たまご桜の色に生《あ》れたるは咲かず散らざりころんとひとつ

放し飼ひにされし雄鶏汚れつつなんのためなるときどき走る

放し飼ひ地鶏にするどき爪ありてあるとき激しく土を蹴りたり

アメリカ産飼料は高騰してをりぬ桜たまごを産ませるための

桜たまご桜いろとはほんのりと失神せしごとき土気色なり

卵殻の裡あかるみて生《あ》れむとし目覚めてをりぬずぶ濡れの雛

*

花冷えや七十年前人間は恍惚として桜花となりき

三百万人死なせ終はりぬ人間と桜がたましひとりかふる遊び

地団駄踏むはなびらはなびら亡き人のはなびらのやうな足裏あまた

この世には触れてもよい人あなたのみ桜咲くころ手を握りたし

濛濛として桜の気配はちかづきぬ馬のごとくに花は嘶き

＊

透明の卵ケースはすさまじき音して潰れぬ卵もろとも

神宮の森の花

遭難の人の笛の音微かするごとき沼あり神宮の森

ショウブ目ショウブ科ショウブ属にあらず綻びながら花菖蒲咲く

若き日のさびしさ忘れ果てたれど宇宙《おほぞら》といふ花菖蒲咲く

鳥居くぐり歩み来たりしわれら見る高さそろへて咲く花菖蒲

過去・現在・未来しみじみ並みて見ついま花虻の触れゐる雌蘂

サンクトペテルブルグ、ベネチア、近江も水辺なり沼にて夢を見るなり人は

九十九髪しろじろと咲く花菖蒲わたしの裡の老女見惚るる

大戦の犠牲者三百十万人十万本の献木遺る

神は残り人は死にたり神宮の森をつらぬき翡翠は来つ

花菖蒲それぞれが名前もちて咲く名前失せたる死者の代はりに

虹色のポップコーンのぽむぽむと弾け出でをり戦のあはひ

敗残し裏切り勝利し生き延びし者の裔なり　わたしたちとも言ふ

III

ヘラクレス

ヘラクレスオホカブト闇を動きをり大きな虫は大き怯えに

猪突する角何ものにも触れずヘラクレスオホカブト一夏を生く

角持てる甲虫一途に生きるべし樹液嘗めつつみづからを見ず

湿度濃き森にくろぐろと羽根たたみヘラクレスといふ名に甲虫動く

ヘラクレイトス腕力美《は》しく生きし世に奴隷はありき石を曳きつつ

わが心あるときムリッと突き出せりヘラクレスオオカブトここにゐるなり

森の空気渇きゆくときヘラクレスオオカブト白く化《な》りながら生く

静止

駅前の楠木切られ忽然と深井となりし夏空ひらく

ななめなる燕の飛行すずやかに駅前広場の自転車倒す

飛行機になりたいと言へば驚きて見つめられたり五十八歳《ごじふはち》の顔

みづからとリュックを背負ひ歩むなり病みて得たりし体を感じ

水めぐり水めぐり命あるものをパックに静止す鮎のかがやき

ラップされ鮎は一点見つめをりその一点を家まで運ぶ

梅雨空は日めくりのやうに変はりつつ今日無表情なり駅前の空

ちらちら、ちらちら、ちらちら椋鳥集まり来《く》不安の兆す一本の樹に

共謀罪法案成立

未明　人死にやすき時刻にて戦後日本のいのち死にたり

「絆」とは何だつたのか人間の繫がりをけふ「共謀」と呼ぶ

嚙みちぎり青虫を食ふ鬼ヤンマ遠く見るときちひさき光

セルロイドの狐の置物流行《はや》りしとふ治安維持法定まりしころ

大正十年

それでも株あがつてんのおと電話くる「のお」の響きの変な夕暮れ

黒いタクシー白いタクシー集ひてはつぎつぎ動くオセロのやうに

ほぼ白になるときありぬほぼ黒になることありぬタクシー広場

にんげんの作りしもののあはひにて燕と燕するどき交尾す

おつぱいパブ

人間の哀しみさまざまに現れて〈おつぱいパブ〉といふものありぬ

にんげんのかなしみなればにんげんのかたちに現はる〈おつぱいパブ〉とふ

餓ゑし男に授乳する女　そのやうに〈おつぱいパブ〉ある日本は餓ゑて

人間の苦しみいまだ途中にて阿修羅にゴジラにふなつしーにもなる

をんなの髪千人針に縫ひこめと医学博士の説きしこの国

国と国揉み合ふあはひ七十年なほ裸なり従軍慰安婦

それはどのやうな全身なのか月の夜の核弾頭といふ頭部をおもふ

メイ首相。メルケル首相。日本のをんなら賢く唖のごと生く

幸徳秋水の墓

夾竹桃わづかな毒を含む花町のはづれを白くふちどる

田んぼのなかのケーキ工場夜明け前あかあかあかと灯り昼暗くある

夜中にあつまり夜明けに帰る労働者に出遭ふことなし白亜の工場

＊

幸徳秋水の墓あをあをとあたらしく未来のやうに迫る夏空

冤罪といふ罪もつとも重きゆゑ幸徳秋水を赦さず死後も

赤いカンナ問答無用と咲きてをり問答無用はかくまで鮮やか

鉄格子に囲はれひとつの墓ありき鉄臭《かな》く水の匂ふ夕べよ

戦前、墓は檻に囲われていたという

その鉄格子組みしはどのやうな力ねぢ曲げねぢ曲げ墓を囲ひき

「幸徳秋水他十一名」そこにくろぐろと「他十一名」佇みてをり

権力の怒りなまなましく異様にんげん的でもありて　殺しぬ

針文字のやうにこまかく夏陽刺す首すぢ痛めどその文字読めず

灼けながらたたずむ墓石その人は愛の醒めゐし妻のかたはら

*

小学生の吾あたらしき歩道橋わたり通ひきかがやくみらいへ

高度経済成長をよろこびし父は亡き人なり象印魔法瓶愛用したり

父亡きのち夢の体温つづきたりゆつくり冷えゆく魔法瓶のなか

笑ふことなきままお笑ひみてをりぬ松本人志あはく汚るる

黒揚羽のやうなる日傘かかげつつ影のわたしを運ぶ炎昼

葉陰には沈黙のやうに黒い茄子そこにゐたのか隣のあなたは

家電ツァ

帰宅せし闇に微かに震へつつウヅラの卵を抱く冷蔵庫

テレビ裏のあたたかきところ曝かれてふはりふはりと埃動くも

血管標本のやうに入り組み縺れつつコードつながるいたく危ふく

通電し世界とつながるさびしさの真中に映る〈今日の料理〉が

クローンのクローンのクローンのさびしさに掃除機ルンバくるくる働く

「オフロガ・ワキ・マシタ」しんと木星も火星も土星も聞きてゐるなり

白物家電黒物家電に看取られて老人の孤独いかに死にしか

一匹のマウス握りてゐるこころマウスに縋るごとくにをりぬ

自己主張してきしあはれスイッチ押せば驚きてコード巻き戻り来る

町役場にをりし七三分けのひとプリンターの中にはたらくはたらく

千手観音のやうなもの紙かぞへキイボード叩きペン回しをり

コードレス・クリーナーひとつ　わが死なば一人子はかくのごとくに佇《た》たむ

冷蔵庫の夫　洗濯機の吾　雨ふれば雨の情もて互みを思ふ

栗とポケモン

いただきものの渋皮煮の栗ていねいにおそろしきまで黒光りせり

さびしいさびしいさびしい老女である母はあまたの栗を沈黙させぬ

小国日本　啄木の命小さくしそのさびしさを大きくしたり

副業に鳥飼ふべしと奨励せし昭和元年日本のさびしさ

ポケモン・ゴー　掛け声はだれがかけたるか暗闇ゆ湧き人は集まる

公園の砂場になにもなけれどもスマホ掲げて人垣囲む

護符のやうにスマホかかげて国道を公園を街を群衆よこぎる

ポッポ、ピジョン、コラッタ、ラッタ進化図のどこにもゐぬものいきいき跳ねる

鹿、猪、猿、ハクビシン増えゆきて人間消ゆる村あり現に

老い母の探せるいたくめづらしきポケモンとして吾逢ひにゆく

No.
1

No.1今朝死にしとふ囚人のやうな名をもち日本に生きて
悲憤とはかくまで静か大王具足虫しんと五年を食べず

大王具足虫一度だけ食べてくれたり鯵五十グラム

虫の王餓死を選びぬ　喰ふために満員電車に息子は揺らる

大王具足虫しんと絶食せし五年飽食の国は崩れてゆきぬ

人間界に近づきながらオワンクラゲわあんとみづから開きてみせぬ

Ⅳ

去年今年

根本中堂の金《きん》の塊みしみしと輝きながら年を越したり

去年今年わすれられたる待ち人のごとく憂鬱の金色堂ある

巨大黄金虫のごときもの東北に棲めり踏みこめば鳴く深雪のなか

金色堂はなんのかがやき富にあらず虚栄にあらず裸身あらはに

清衡、基衡、秀衡のからだしんと並み二〇一五年春待ち人来たらず

おもひでの山おもひでの川啄木にありてわれらになきもの静か

金色堂ゆはろばろと来し光あり薄氷のやうな臘梅咲かす

雛とふるさと

帰還困難区域　あらたなふるさとつくりたるわれらにしづかな雛祭りくる

毛氈にしらしらしらと埃積みてをりしまひ忘れし雛飾りある

男雛女雛とほくを見てをり牛も馬も人もをらざる町のかなたを

どこでだれがなにをどうした雛人形3・11のち瞬きをせず

手をふれず眼ざしあはせず男雛女雛それぞれの痛みそれぞれに守《も》る

〈がんばらう〉も〈絆〉も木霊となりて消え五人囃子は転がりてをり

生きるとは時間動かすことなるかガスを点ければ炎ゆらめく

ふはり

右ふはり左ふはりと穴開けり停電に生《あ》れし闇まさぐれば

パソコン、エアコン、テレビ、風呂さへ真つ黒な沈黙してをり電気切れたり

長沼町なべては停電してゐるか沼に棲むものゴクリとうごく

狐の穴となりし家なり停電の闇に毛深くなりてわれをり

一四、二四、三四、家族はさぐりあひまたたきてをり停電の闇

ぎらありぎらあり油揚げ供へられし穴あれはいかなる祈りの入り口

「だあれだ?」闇に触れられたる背《せな》にのこる体温　あなたは誰だ

抱かれて狐の妻が残したるをんなの形のかなしいぬくもり

「来《き》つ寝《ね》」おまへが誰でもいいからと狐の妻を呼ぶ声のこる

『日本霊異記』

サダム・フセイン世界の記憶にもうあらず人肌の穴ひとつ残して

何のためと問ひてはならず朝々を母が運べるほとけさまのごはん

金色の穴のやうなる仏壇に亡父《ちち》は棲まねど何か棲むらし

人工海浜

映画果てまぶしむ夏ぞら弾かれて遠いところに吾は来てゐる

回転扉まはして誰かくるならむある日くるりと青空まはらむ

街ぢゆうが液化し波うち海なりし稲毛海岸けふのしづけさ

靴を買ひ映画を見たり魚引き網つくろひしかつての浜に

ブルーシートかけられし舗道この道はかつて海なり砂が這ひだす

暴るる海、波打つ陸《くが》、けふはなめらかに電車滑り来ひかりのなかに

傾きしフラワーポットに傾かぬカンナぐいぐい伸びてゐるなり

駅前の裸婦像は子供産みしことある体なり雨に濡れつつ

山帽子ことし日陰の側にのみ花は咲きたり白くおほきく

平均余命は平均年収に比例するといふ右肩上がりはひつそりつづく

残業は十日続けどほほゑみをはりつけしまま息子出でゆく

青空のひとところわづか震へをりプールの水面に蟻は溺るる

もしものとき生きてゐること知らせよと渡されし笛かばんにひとつ

暫く

猛暑のなかわれら見上げてゐるねぶた静止してゐる光の竜巻

包帯を巻かるるやうに丁寧に和紙に覆はれねぶた暴るる

ひとりにひとつ形ゆがめる痛みありてねぷたの武者の叫び見上ぐる

三陸二首

津波防ぐ巨大堤防作るといふその形いかに恐ろしからむ

堤防は津波の高さ超ゆるべく津波のやうに聳えむとせり

二十三メートルのねぷたうねりてここに立ち生きたさといふはかくなる形

ねぷたの「暫く」おほひなる掌にとどめをる吾なれど吾はゆかねばならず

雪月花

落としたる鍵は鋭き音をたて冬のおほきな鍋底打ちぬ

われがもらひし青空一枚その重さ背負ひて歩む五十歳《ごじふ》なかばを

エルニーニョはエビの収穫増やすといふぞろぞろ増えしエビを炒める

手紙ひらくはそのひとの手をひらくやう握りしめゐしものを受け取る

元旦のエスカレーターまだ誰も乗せずどこかへ昇りゆくなり

雪月花　ことばは被爆してゐるかあたらしき雪握れば軋む

眠れずに見つめゐる闇慣れゆけば睡蓮の茎くねくね伸びる

気配あり　しばらく側にゐし月光シルクのやうに滑り落ちたり

月射せば食べかけのパン、脱ぎし服、わがあらぬごと部屋は明るむ

メルトスルー　かたちなきもの貫通し冬の満月見ひらきしまま

V

飛脚

ほいほいと飛脚は走りゆきたるかちぎれ雲浮く春の虚空を

金剛力士像の渾身の四肢を走りつつ罅は渦巻き筋肉成しぬ

古都の空みあげれば空は走るなり千年前の速度を保ち

病草子のなかなる女の忍び泣き蛇口ゆるめば夜半漏れ出づる

歴史書の肖像のだれも意志強きまなざしをせり死者であるゆゑ

かたはらに飛び石のやうな無関心ぽッつんぽッつん母とゆく古都

いはゆる、一人の、老人のやうに杖をつき謝るやうに母は歩み来

砂浴びる雀はひかりも浴びてゐて夏目雅子のやうな眼をせり

阿弥陀如来の金色の浮かぶ闇のなかしいんと燃ゆる母との時間

羽化を止めた蛹のやうに母のゐる茶屋の陽だまり写真に撮れば

間違ひとは思はねど母の生き方のすり減るやうな丸さが嫌ひ

広隆寺半跏思惟像あなたより先に死ぬなりわれもわが子も

ああそこに母を座らせ置き去りにしてよきやうな春、石舞台

ななくさ光

とんとん七草とんとん叩く音がするサザエさんゐし木造の家

ひとりふたり手紙返せぬままの人こころに延泊してもらひつつ

すずしろの根はすこしだけはみ出してパックより出たし春はすぐそこ

せりなづなすずなすずしろ清らかに生き来しごとく白粥を吹く

良い人は良い椅子のやう気がつけばそこにゐるなりほらホトケノザ

公園のベンチ、水飲み、すべり台どこにも触れず春の陽は差す

せり・なづな・苦蓬《チェルノブイリ》も芽吹くべしこの世の春に閉ぢ込められて

On the road

ゆく雲もちりゆく桜もここにゐよどこへも行かぬと老い母が言ふ

朝の廊下ゆつくりと母の歩むとき氷上のやうに床は光りぬ

ゆるき糸に操らるるごと母あゆむマリオネットはときをり崩れ

家背負ひ思ひ出を背負ひ自らを背負ひ老母《はは》ゆくちよつとそこまで

転ばない転ばない唱へ母歩む坂道ころがり落ちゆく時代を

片足は大地ゆ引き上げ難くして大仕事なりズボン履く老母《はは》

玄関にとほいところへ行くための支度のやうな杖ひとつあり

おそらくは吾の生き得ぬ老年を母生きくるる摺り足をもて

ああ重たいああ重たいといふ声のいづくより湧く私の声か

風呂敷をかけて隠したペン、鋏、消えてしまひし記憶いくつか

認知症検査二首

風呂敷をとれば現はるペン、鋏、消しゴム、クリップ、赤い過ち

忘れてはならぬ大事はいくつあるあるいはひとつもなきかもしれず

同行二人

どこまでがわれのからだか阿蘇五岳ゆれてちぎれてなだれ聳ゆる

昭和十年白秋讃へし大阿蘇は怪力満たし膨らみてゐき

あまた死にあまた苦しみし前世紀ふつと全滅するごとき今世紀

久住山、祖母山、阿蘇山わが母を守りくれたり孤独にしたり

耳澄ませば鳩尾のあたり鳴りてをり誰かを探してゐるやうな鈴

母とわれ同行二人は哀しけれ持鈴鳴らしてそれぞれの空

千キロのかなたに母の孤独ありこなたに吾の孤立はありて釣り合ふ

渡り鳥われは老い母看に帰りつくづくと看き見捨てて帰る

全方位晴れてゐる冬「さよなら」と言はれてをりぬ「またね」と言へば

風神雷神

風神雷神図屏風のしんと澄む金ゆふだちの去りたる空はしばらく湛ふ

風神と雷神のあはひあるときは落書きとして吾たたずめり

「応人生相談」の張り紙かかげゆつくりと廃屋となりてゆける薬局

あらはなる寂しさに流れ寄るメール独り旅せよこの寂しさは

知床旅情

知床の岬の歌かところどころ虫喰ふやうに老人歌ふ

「はまなすが咲く頃」「はまなすが咲く頃」そこから先のあらぬ知床

話せなくなれども歌はよみがへる不思議な母が歌ふ知床

酸素マスクの中に歌はれ知床の岬は深き霧の中なり

咲き残るはまなすそこはどこですか知床岬の記憶突き出す

老耄の母と疲れたわれ歌ふ呻きのやうな知床の歌
廃れたる番屋のやうに老耄の母の記憶の離れぬ知床

おやすみ

斎爪櫛《ゆつつまぐし》おほきな櫛の歯は一本欠けゐてそこに宿る青空

牛もゐぬ馬もをらざる草原をちらちらちらちら火山灰降る

よみがへる火の山のちから爆風は九万年後をゆつくりと吹く

*巨大カルデラを形作った阿蘇の大噴火は九万年前

迫り上がるマグマに相貌変はる山起こさぬやうにバスよぎりゆく

生きようとする人ベッドにゐる昼を蛇口に水はゆれながら立つ

病院のベッドはただよふ舟のやうかならずどれも一人乗りにて
スリッパ、窓、便器、吸ひ飲み　もろともに漂流してをり混濁の母と
わが母は襁褓とりかへられながら梟のやうに尊き目する

はづかしきものならねどもはづかしむ力残れる裸体は哀し

死の国にはじめてゆきしは女にて見るなと言ひき鋭き声に

はづかしさは尊さであれば見ぬふりに着替へさせをり裸木の母を

アメノウヅメ裸体ゆたかに踊るとき貌なき神々はじめて笑ふ

神々も仏もごちやごちやゐたるかな人の哀しみ充つるカルデラ

阿《あ》那《な》律《りつ》尊《そん》者《じゃ》ねむりてはならぬ彼《か》が目守る水たまりさへ危ふき輝き

涅槃図の釈迦をとこにてうつくしき水平線となりたまひたり

生きてゐるものは失敗をして白き糞かがやく空より真つ直ぐ落ち来

ここはどこ？　ここはどこ？　記憶なくしつつ羽虫のやうにぶつかる母が

心まで全裸にしたる母つつむ安心のためのおほきなお襁褓

帰りたいといふ老母の心は徘徊すドアをひらけば現るるドア

高天原にハヤスサノヲは不在なり青く残れる空の刃傷

大涅槃図哀しみを描けば十畳のおほきさを超ゆる長谷川等伯

ここはどこ？　ほんたうにここはどこでせう点滴のしづく銀河を宿す

涅槃図の嘆きの輪より逃げ出すはいかなる獣　コンビニへゆく

おやすみなさいといふとき幼き声となる毛深き毛布に鼻まで埋もれ

進化図のそこから先の空白をホモサピエンス裸体にあゆむ

一両列車とほりすぎたりゆつくりと何かを探すカーソルのやうに

うごくうごく何かしらねど動きそめ根子岳の峰は耳澄ましゐる

ほかほか

布団から出たくなけれどわが耳は梟となり勝手に尖る

湿布して痛いところはここですと印してをり青空しづか

見ゆることは良きこと安心できること人参、子犬、病む手に触る

だれも見ずだれをも聞かずみづからを折り畳みつつ老人眠る

神の手が初めて創りし泥人形のやうなれど吾に手を伸ばしくる

右目から涙一筋零しつつ老い衰へて消えゆけぬ母

生きてゐてごめんなさいと老母言ふごめんなさいねすべての雀

吊り橋

寝返へれば祖母山《そぼさん》ゆつくり寝返りぬ山の向かふは深きゆふやみ

絶対安静　吊り橋となりしわたくしをだれかひつそり渡りゆきたり

途方もなき巨きさとなりしわがからだ病むとは躰もてあますこと

白い桜花、　白い寝台それぞれの秩序にしんと並ぶ怖ろし

にんげんの歩みかくまで拙きかぺたりぺたりとスリッパならぶ

病院の窓より青空のみ見ゆる無重力刑といふ刑あれば

春よ春ぼろぼろ花びらこぼし立つ私の花びら誰も拾はぬ

白い拳突き上げるやうに辛夷咲きこの世へこの世へ突き出してくる

こころとからだ器と水のやうなれどぐわんと歪みこころ溢るる

たいせつに死を抱きしめてゐるかたち胎児となりて昼夜を眠る

わが裡に祖母や曾祖母、祖父、曾祖父あつまりてきぬひそひそ話す

神々はいくたびも死にいくたびも蘇りたり祖母山深く

赤き毛糸黙つて編むは亡き祖母かふくふく温き心臓あたり

えらばれてぽつんぽつんと浮かびゐる櫂なき方舟　病室明るむ

吸ひ飲みのなかなる水のまばたけり目玉親父のゐることありぬ

ペンギンの足に踏まれて楽しけれ湿布貼られて大人しくゐる

書き遺さむとすればこの世はいちまいの白紙なりけりぽつんと私

火の山

大欲のこころのやうに太陽の輪郭ふるへ南国しづか

五足の靴の旅は阿蘇にて果てにけり五足の靴を呑みし大阿蘇

昇るひばり落ち来るひばり数へをれど昇つたまんまの雲雀もあるか

父恋ひはこの世のほかの恋なればほのぼの燃ゆる火の山の底

火の山の噴煙ゆつくり押し倒し南からくる風を見てゐる

あとがき

記憶とは何だろう。時の流れとはかかわりなく、突如鮮明にあらわれることがある。霞んでしまっていることもある。遠いと思われた記憶が日常の底に湛えられていることもある。記憶は終わった過去ではなく現在進行形で変わり続けており、私と共に息づいている。親しい者を見送った今、その思いはいっそう強い。そういう記憶を行きつ戻りつしながら手探るように歌集を編みたいと思った。結果としておよそ逆編年の形となった。

大きく時代が変わろうとする中で、だからこそ歴史の中から思い返してみたいことがある。記憶とはいまだ解けぬ問いでもあるからだ。

今、しみじみと忘れ難いのは、老耄深い母を世話して下さった一人一人である。抱き起こし、名前を呼び、スプーンを運び、身体を拭き、微笑みかけ、そうした終わりのないひとつひとつの仕事は何によって支えられているのだろう。途絶えることなくある人間への静かな熱情、そういうものを今、思う。次第に狭量になってゆく世界で、枯れ枝のような一人の老人は、小さな献身の連続によって温められ、尊い命となることができた。それは何という命への歓待であったことか。この、歓待こそ時代への抗いなのだ。

*

短歌に関わっていつの間にかずいぶん長い時間が経ってしまいました。何より嬉しいのは、歌を作っていたからこそ出逢うことのできた希有な友人のあることです。また、常変わらず励ましてくださる馬場先生、そしてかりんの歌友にはあらためて心より感謝申し上げます。

最後になりましたが、このシリーズに加えてくださった砂子屋書房の田村雅之さん、そして装幀の倉本修さんに心よりお礼を申し上げます。

春の明るい雪の降る日に

川野里子

歌集　歓待　かりん叢書342番

二〇一九年四月一〇日初版発行
二〇二五年五月　一日三版発行

著　者　川野里子
発行者　田村雅之
発行所　砂子屋書房
東京都千代田区内神田三―四―七（〒一〇一―〇〇四七）
電話　〇三―三二五六―四七〇八　振替　〇〇一三〇―二―九七六三一
URL　http://www.sunagoya.com

組　版　はあどわあく
印　刷　長野印刷商工株式会社
製　本　渋谷文泉閣